Livro 9

Um obrigada especial para Linda Chapman.

Para Charlotte e Holly Allison: acreditem na magia!

CIP-BRASIL. CATALOGAÇÃO NA PUBLICAÇÃO
SINDICATO NACIONAL DOS EDITORES DE LIVROS, RJ

B17b
Banks, Rosie
　O bosque dos sonhos / Rosie Banks ; tradução Monique D'Orazio.
- 1. ed. - Barueri, SP : Ciranda Cultural, 2017.
　128 p. : il. ; 20 cm. (O reino secreto)

　Tradução de: Dream dale
　ISBN 978-85-380-6842-6

　1. Ficção infantojuvenil inglesa. I. D'Orazio, Monique. II. Título. III. Série.

16-37716　　　　　　　　　　　　　　　　　　　　CDD: 028.5
　　　　　　　　　　　　　　　　　　　　　　　　　　CDU: 087.5

© 2013 Orchard Books
Publicado pela primeira vez em 2013 pela Orchard Books.
Texto © 2013 Hothouse Fiction Limited
Ilustrações © 2013 Orchard Books

© 2017 desta edição:
Ciranda Cultural Editora e Distribuidora Ltda.
Tradução: Monique D'Orazio
Preparação: Carla Bitelli

1ª Edição
www.cirandacultural.com.br

Todos os direitos reservados. Nenhuma parte desta publicação pode ser reproduzida, arquivada em sistema de busca ou transmitida por qualquer meio, seja ele eletrônico, fotocópia, gravação ou outros, sem prévia autorização do detentor dos direitos, e não pode circular encadernada ou encapada de maneira distinta àquela em que foi publicada, ou sem que as mesmas condições sejam impostas aos compradores subsequentes.

O Bosque dos Sonhos

ROSIE BANKS

Ciranda Cultural

O Bosque dos Sonhos

Sumário

Dormir é chato — 9

Problemas no Reino Secreto — 23

O Bosque dos Sonhos — 41

Voando alto — 57

Fuga por um triz — 71

Fazendo o pó de sonho — 87

O reino adormecido — 103

Dormir é chato

Ellie Macdonald estava brincando de bola no jardim dos fundos de sua casa com suas duas melhores amigas: Summer Hammond e Jasmine Smith. Jasmine lançou a bola para o alto e tanto Ellie quanto Summer saíram correndo para alcançá-la. Nesse instante, a mãe de Ellie abriu a porta dos fundos e chamou:

– Meninas!

Ellie se virou para olhar para a mãe, e Summer trombou nela.

— Oops! — Summer falou e logo começou a rir, quando as duas caíram uma em cima da outra no chão.

— Desculpe, você está bem?

Ellie sorriu e respondeu:

— Estou, sim. Eu caio tanto que já estou acostumada!

A senhora Macdonald sorriu e falou:

— Opa, desculpem, meninas! Só queria perguntar para a Ellie se hoje ela poderia botar a Molly para dormir. É que esta noite eu preciso resolver um monte de papelada atrasada.

Dormir é chato

— Claro, mãe! — falou Ellie.

Molly era sua irmãzinha de 4 anos. Ellie adorava ser a irmã mais velha, mesmo que Molly às vezes fosse um pouco desobediente.

— A gente ajuda — ofereceu Summer.

A senhora Macdonald sorriu e agradeceu:

— Obrigada! Tem pipoca na cozinha para todas vocês quando terminarem.

Ela desapareceu de novo dentro da casa.

— Que delícia! — declarou Jasmine. — Não vai demorar muito tempo para a gente botar a Molly para dormir. Depois podemos comer pipoca e assistir a um filme.

Ellie e Summer trocaram olhares divertidos.

— O que foi? — perguntou Jasmine, vendo a expressão no rosto delas. — Não pode ser tão difícil assim botar a Molly para dormir.

— Você não sabe como são os irmãos pequenos! — Ellie respondeu.

— O Finn e o Connor também nunca vão para a cama sem aprontar alguma confusão! — afirmou Summer, pensando em seus dois irmãos mais novos.

— Vai ficar tudo bem — Jasmine disse, alegre. — Afinal, se conseguimos vencer a rainha Malícia, acho que conseguimos fazer qualquer coisa!

As meninas sorriram. As três tinham um segredo incrível: podiam ir para um mundo mágico do qual ninguém mais sabia! O Reino Secreto era um lugar encantado cheio de criaturas incríveis, como sereias, unicórnios, elfos e fadas. O problema era que a linda terra estava passando por grandes

Dormir é chato

dificuldades. Quando o querido rei Felício foi escolhido para governar o reino em vez de sua irmã, a malvada rainha Malícia, ela jurou que iria deixar todos no reino tão infelizes quanto ela. Até o momento, Summer, Ellie e Jasmine tinham conseguido impedir que vários planos da rainha se concretizassem, mas agora ela havia lançado uma maldição terrível sobre o próprio irmão!

A rainha Malícia tinha dado ao rei Felício um bolo envenenado que pouco a pouco o estava transformando em um horrível sapo fedido. A única maneira de curar o rei era com uma poção-antídoto. Para prepará-la, contudo, as meninas tinham que encontrar seis ingredientes muito raros. Precisavam reunir todos eles e curar o rei antes do Baile de Verão, senão o rei Felício se transformaria em um sapo fedido e viveria assim para todo o sempre! As meninas, sua amiga fadinha Trixi e a tia dela, Maybelle, eram as

O Bosque dos Sonhos

únicas que sabiam o que estava acontecendo, porque as duas fadinhas tinham lançado um feitiço de esquecimento em todos do reino. Assim, todos os outros, incluindo o próprio rei, não se lembravam da terrível maldição. As meninas tinham prometido fazer tudo o que fosse possível para ajudar secretamente seu amigo.

— Pelo menos a gente já encontrou dois ingredientes para a poção-antídoto — comentou Jasmine quando elas entraram para procurar Molly. — E espero que logo, logo a gente seja chamada de volta ao Reino Secreto para achar outro!

Molly já estava de pijama. A garotinha parecia uma versão menor de Ellie, com os cachos ruivos escuros e os olhos verdes e vibrantes. Ela estava saltando do sofá para cair em cima das almofadas que tinha jogado no chão.

— Oi! — disse ela, pulando toda animada. — Vocês vieram brincar comigo?

— Não, a gente não veio brincar com você,

Dormir é chato

macaquinha – falou Ellie. – É hora de dormir.

– Mas dormir é chato! Eu vou para a cama se antes vocês brincarem de lojinha comigo! – negociou Molly. – Por favooor! – ela acrescentou, pegando as mãos de Jasmine e olhando para ela com os olhos verdes arregalados.

– Ah, tá bom – cedeu Jasmine, sorrindo para

O Bosque dos Sonhos

ela. – Vamos brincar só uma vez.

– Duvido! – Ellie sussurrou para Summer, que deu uma risadinha.

Então Ellie perguntou:

– Você jura de pé junto que vai para a cama depois de brincar uma vez?

– Ah, sim – respondeu Molly, balançando a cabeça em uma afirmativa. – Eu juro.

Foi a brincadeira mais longa de todos os tempos. Jasmine estava enfileirando todas as pelúcias de Molly pelo que parecia ser a centésima

Dormir é chato

vez quando Ellie interrompeu:

— Molly, agora é hora de dormir — ela disse com firmeza. — Lembre-se, você prometeu.

Molly sorriu para a irmã e retrucou:

— Eu prometi ir para a cama, não prometi que ia dormir! Quem chegar por último lá em cima é a mulher do padre!

E ela saiu correndo.

Jasmine soltou um gemido e lamentou:

— Tá, vocês duas tinham razão! Isso nunca vai ter fim!

Elas subiram. Molly estava pulando na cama e cantando em voz alta.

— Vamos, Molly, agora você precisa se deitar — falou Summer, indo até a janela e fechando as cortinas.

— Não fecha tudo! — Molly protestou. — Eu gosto de olhar para as estrelas. Elas me ajudam a esquecer meu medo do escuro.

Summer deixou uma fresta entre as cortinas.

O Bosque dos Sonhos

– Preciso de outro cobertor! – Molly reclamou para a irmã.

– Ah, tudo bem! – Ellie suspirou.

Ela foi até seu quarto e pegou o cobertor de

Dormir é chato

sua cama. Então deu uma olhada na escrivaninha. Ali em cima estava a linda Caixa Mágica que tinha vindo do Reino Secreto. Era entalhada com todos os tipos de criaturas mágicas e repleta de belas pedras preciosas. Também havia um espelho na tampa que estava... brilhando e cintilando! O coração de Ellie deu uma cambalhota no peito. Devia ser outra mensagem de Trixi, sua amiga fadinha que morava no Reino Secreto!

Com o cobertor na mão, Ellie correu de volta para o quarto de Molly.

– Aqui está você! – ela brincou, jogando a coberta sobre a irmã.

Ela se virou para as amigas e falou:

– Jasmine! Summer! Vocês têm que vir pro meu quarto agora. A gente volta em um minuto, Molly!

Ellie saiu correndo para o quarto com Jasmine

O Bosque dos Sonhos

e Summer logo atrás, curiosas.

– O que foi? – perguntou Jasmine.

Ellie fechou a porta atrás delas e apontou animada para a Caixa Mágica.

– Olhem!

Summer e Jasmine soltaram uma exclama-

Dormir é chato

ção de surpresa quando viram que as palavras já estavam se formando na tampa espelhada.

— O Reino Secreto precisa da nossa ajuda de novo! — falou Ellie, muito contente.

Problemas no Reino Secreto

Summer e Jasmine se aproximaram de Ellie, que leu em voz alta as palavras brilhantes sobre a tampa da Caixa Mágica.

– Queridas amigas, ajudem ou vou chorar.
Não consigo fazer o rei cochilar!
Estou no lugar das torres cor-de-rosa
com bandeiras douradas na noite lustrosa.

O Bosque dos Sonhos

As três meninas se entreolharam.

– É fácil! – disseram ao mesmo tempo.

– Só pode ser o Palácio do rei Felício. Ele tem torres cor-de-rosa – comentou Summer com um sorriso.

– Venham! – Jasmine gritou. – Aí vamos nós!

Elas colocaram as mãos sobre as pedras preciosas verdes que cravejavam a caixa brilhante e disseram em coro:

– A resposta para o enigma é o Palácio Encantado!

A Caixa Mágica brilhou ainda mais forte e, de repente, soltou um lampejo de luz prateada. Uma fadinha sentada sobre uma folha flutuante apareceu sobre a escrivaninha, pousada ao lado de uma concha que Ellie tinha desenhado no dia anterior. A fadinha vestia uma camisola longa em um tom rosa-pálido que chegava até os dedos dos pés. Seus cabelos loiros bagunçados estavam soltos debaixo de um chapéu de pétalas.

Problemas no Reino Secreto

– Oh! – ela sorriu e olhou em volta.

O rosto da fadinha se iluminou com um sorriso radiante.

– Ellie! Summer! Jasmine! – ela gritou assim que avistou as garotas. – Olá, meninas! Estou na praia? – perguntou, olhando com surpresa para a concha.

– Não! – Ellie deu uma risadinha. – Você está no meu quarto.

– É um prazer ver vocês de novo – falou Trixi. Ela voou com a folha até as meninas para dar um beijinho de leve na ponta do nariz de cada uma.

25

O Bosque dos Sonhos

– O que está acontecendo, Trixi? O que o enigma significa? – Jasmine perguntou.

– Bom… – a pequena fadinha teve de parar de falar para dar um grande bocejo. – Minha nossa. Desculpem, por favor. Estou tão cansada! Não sei o que está acontecendo, mas parece que ninguém no Reino Secreto está conseguindo dormir. Eu costumo ler uma história para o rei Felício todas as noites e normalmente ele cai no sono rapidinho, mas ontem li a noite toda e ele continuou acordado!

– Coitadinha de você – Summer observou gentilmente. – Por que as pessoas não conseguem pegar no sono?

– Ninguém sabe – respondeu Trixi, de um jeito que demonstrava preocupação. – Mandei a mensagem porque eu tinha esperanças de que vocês pudessem vir nos ajudar a resolver esse problema.

– Hum – disse Jasmine, franzindo a testa. – Isso me parece coisa da rainha Malícia.

Problemas no Reino Secreto

Os olhos de Trixi se arregalaram.

– Talvez seja mesmo! Minha nossa, vocês podem vir nos ajudar?

– É claro! – falou Summer.

– Ah, obrigada! – Trixi deu outro bocejo.

– Se a gente for para o Reino Secreto, talvez possa aproveitar para procurar o próximo ingrediente – Ellie comentou, ansiosa. – A Maybelle já descobriu do que mais a gente precisa?

Trixi sacudiu a cabeça. Sua tia Maybelle era uma velha fadinha muito sábia que estava tentando descobrir quais eram os ingredientes da poção-antídoto que iria curar o rei Felício.

– Ela anda trabalhando com muito afinco, mas acho que ela ainda não sabe quais são os ingredientes – explicou Trixi.

Ela ergueu o anel de fadinha, bocejou novamente e perguntou:

– Vocês estão prontas para ir?

– Com certeza! – gritaram as meninas.

O Bosque dos Sonhos

Trixi deu uma batidinha no anel e entoou um encanto:

– Boas amigas, venham me ajudar,
vamos fazer o rei Felício descansar.

Um fluxo de brilhos prateados e cor-de-rosa disparou do anel de Trixi. As fagulhas envolveram as meninas em uma nuvem brilhante, zunindo em torno delas, cada vez mais depressa. Summer agarrou a mão das amigas, sentindo o redemoinho de magia levantá-las do chão.

– Aqui vamos nós! – ela gritou.

As meninas giraram e deram cambalhotas no ar até que, de repente, sentiram que estavam caindo.

– Uff! – exclamou Ellie, sem fôlego, ao afundar na cama mais confortável e mais macia em que ela já tinha se deitado.

Tinha cerca de dez vezes o tamanho da cama dos pais dela e era rodeada por um lindo dossel dourado, sustentado por quatro pilares de ouro. Entre os pilares, havia cortinas de veludo vinho que estavam fechadas. Summer levou a mão até a cabeça e sorriu ao sentir os coraçõezinhos cor-de-rosa de sua tiara. Num passe de mágica, as tiaras das três amigas sempre apareciam na cabeça delas assim que chegavam ao Reino Secreto, para mostrar a todos os súditos que elas eram convidadas importantes e ajudantes do rei.

— Onde estamos? — Ellie perguntou, olhando para a cama.

Jasmine afastou as pesadas cortinas vinho, e as meninas espiaram lá fora. Estavam em um quarto enorme forrado por um papel de parede dourado, e o teto era coberto por uma linda pintura de unicórnios, sereias e fadas. Um lustre de candelabro se dependurava do teto, decorado com centenas de minúsculas estrelas cintilantes.

Problemas no Reino Secreto

– Cetros e coroas! – gritou uma voz cheia de surpresa. – O que, em nome do Reino Secreto, está acontecendo aqui?

– Rei Felício! – exclamou Ellie, ao se virar e avistar o rei gorducho de bochechas rosadas caminhando em direção à cama.

Ele estava vestindo um roupão de veludo roxo por cima de um pijama listrado de roxo e branco e na cabeça havia um longo gorro de dormir branco debaixo da coroa real. Os pequeninos óculos de meia-lua estavam empoleirados na ponta do nariz. O rei vinha segurando um ursinho de pelúcia roxo que também tinha uma coroa na cabeça.

– Minhas amigas humanas do Outro Reino! – exclamou o rei Felício. – Puxa, que maravilha!

– Fui eu quem as trouxe aqui, rei Felício! – falou Trixi, espiando pela borda superior do dossel dourado. – Eu tinha esperanças de que elas pudessem nos ajudar a descobrir por que ninguém consegue dormir.

– Que plano excelente! – o rei Felício elogiou com um sorriso radiante.

Ele abriu os braços, e todas as meninas desceram da cama para lhe dar um abraço.

Problemas no Reino Secreto

— É um prazer ver vocês três de novo...
RRREBBET!

O rei coaxou muito alto e cobriu a boca com as mãos.

— Oh, minha nossa, peço perdão por isso — ele disse e suas bochechas rosadas foram inundadas por um tom ainda mais profundo de vermelho. — Estou com uma tosse muito chata no momento.

— Não se preocupe, rei Felício — Jasmine o tranquilizou.

O rei deu um pequeno salto para subir na cama. Jasmine mordeu o lábio. O rei Felício estava se parecendo ainda mais com um sapo do que da última vez em que ela o tinha visto!

— Temos que encontrar os ingredientes mágicos — Jasmine sussurrou tensa para Summer e Ellie.

O Bosque dos Sonhos

– Do que você está falando, minha querida... *RRREBBET!* – o rei Felício de novo cobriu a boca com as mãos.

– Minha nossa! – disse Trixi, retorcendo as mãos. – Eu realmente acho que Vossa Majestade deveria se deitar e tentar dormir.

Bem nessa hora, alguém bateu à porta do quarto. Uma fadinha mais velha entrou voando na sua folha flutuante.

– Tia Maybelle! – disse Trixi.

A tia de Trixi tinha cabelos grisalhos presos em um coque elegante. Estava de vestido longo verde todo reluzente e tinha olhos muito gentis.

– Ah, olá! – ela cumprimentou. – Eu só vim ver se Vossa Majestade queria que eu usasse minha mágica e criasse um leitinho quente para ajudá-lo a dormir.

Ela voou com a folha até o rei e deu uma batidinha no anel de fada. Uma caneca fumegante apareceu ao lado da cama.

Problemas no Reino Secreto

— Rei Felício, Vossa Majestade parece muito cansado. Por que não descansa enquanto as meninas vêm comigo?

O Bosque dos Sonhos

— Ah, que ótima ideia! – disse o rei, espreguiçando-se logo que subiu na cama. – Acho que não vou conseguir dormir... Mas vou tentar!

Ele bocejou e puxou as cobertas até o queixo, deixando o gorro cair sobre os olhos.

Problemas no Reino Secreto

Summer, Jasmine e Ellie seguiram Trixi e a tia dela para o corredor.

– Estou muito feliz que vocês estejam aqui, meninas – sussurrou Maybelle. – Acabei de descobrir qual é o próximo ingrediente de que precisamos!

Trixi apontou o anel para a porta e a fechou assim que saíram.

– O próximo ingrediente! Qual é? – Ellie perguntou toda ansiosa.

– Pó de sonho! – declarou tia Maybelle.

– Mas o que é isso? – perguntou Summer.

– O pó de sonho é feito pelos dragões dos sonhos todas as noites – explicou Trixi. – Eles o espalham por todo o reino quando escurece, aí todo mundo dorme e tem sonhos maravilhosos.

– Uau! – surpreendeu-se Summer, sentindo uma explosão de emoção. – Parece incrível. Onde temos que ir buscar o pó de sonho?

O Bosque dos Sonhos

— Os dragões dos sonhos vivem em um lindo lugar chamado Bosque dos Sonhos – Trixi comentou.

Ellie parecia pensativa e sugeriu:

— E se o motivo de ninguém conseguir dormir por aqui tiver a ver com os dragões? Se a gente for vê-los, talvez possa resolver dois problemas de uma só vez.

Problemas no Reino Secreto

– Então, o que estamos esperando? – gritou Jasmine, agarrando as mãos das outras. – Vamos atrás dos dragões dos sonhos!

O Bosque dos Sonhos

Trixi deu uma batidinha no anel e entoou:

– Para o Bosque dos Sonhos vamos viajar,
leve-nos para ver os dragões em seu lar!

De repente, um vento quente correu pelo palácio e as levou embora. A corrente de ar as carregou por todo o reino até chegarem a um bosque amplo, rodeado por colinas roxas. As

O Bosque dos Sonhos

encostas mais baixas estavam cobertas por cerejeiras em flor, que pareciam nuvens rosadas e brancas que farfalhavam nos ramos quando elas passavam. Um rio prateado cintilante serpenteava os salgueiros-chorões verdes e dourados, e borboletas vibravam as asas pelo ar. Por baixo das árvores, caminhavam nove dragões grandes, com suas escamas reluzindo à luz do sol.

O Bosque dos Sonhos

Ellie, Summer e Jasmine aterrissaram na grama longa e espessa e olharam em volta. Pequenas borboletas brancas pousaram sobre seus cabelos e ombros, fazendo Ellie dar um risinho alegre. Mas o que realmente fez as meninas perderem o ar foram os dragões dos sonhos.

– Uau! – Summer ficou admirada. Ela sempre quis encontrar um dragão!

O Bosque dos Sonhos

Os dragões eram todos de cores diferentes. Pareciam bastante com as imagens que Summer tinha visto de dragões chineses, com a cabeça grande e arredondada que nem a de um cavalo, grandes olhos escuros, a cauda longa e quatro patas com grandes pés que terminavam em garras. Não tinham asas, mas suas belas escamas cintilavam. Alguns estavam se alimentando da grama exuberante, outros rolavam de costas nas flores ou se enroscavam uns nos outros como se fossem gatos enormes fazendo carinho.

– Olhem só para todos eles! – apontou Jasmine, espantada.

– São tão lindos! – afirmou Ellie. Seus dedos coçavam para desenhar aquelas criaturas.

– Eles também são muito amigáveis – Trixi lhes contou. – Mas o que me surpreende é que estejam todos acordados a esta hora. Os dragões dos sonhos geralmente dormem o dia todo e ficam acordados à noite. Será que estão preocupados com alguma coisa?

O Bosque dos Sonhos

– Talvez não estejam conseguindo dormir no momento, igualzinho a todas as outras pessoas – Jasmine sugeriu.

Ela não era capaz de imaginar alguém preocupado ou chateado naquele lugar. O Bosque dos Sonhos era tão lindo, tão calmo e parecia tão pacífico que, se Jasmine não tivesse ficado tão empolgada por conhecer os dragões, teria sentido vontade de se aconchegar e adormecer ali naquele exato momento!

Um grande dragão roxo de repente notou a presença delas. Ele se levantou e se aproximou. Seus grandes olhos demonstravam curiosidade. Os outros dragões o seguiram. As patas cheias de garras batiam tão pesadas no chão que faziam as árvores chacoalharem.

Ellie precisou se lembrar de que Trixi havia falado que eles eram bonzinhos. Mesmo assim, eram tão grandes! O menor, um dragão branco e prata, era da altura de um cavalo, e o grande dragão roxo era mais alto que um elefante!

O Bosque dos Sonhos

— Saudações — cumprimentou o dragão roxo ao parar diante delas.

— Oi, Huang. Sou eu, a Trixi! — disse a fadinha, sobrevoando a cabeça gigante do animal e depois flutuando na frente do focinho dele.

O Bosque dos Sonhos

O dragão sorriu.

– Olá, minha fadinha favorita – falou ele. Sua voz era tão grossa que vibrava no fundo do peito. Os olhos do dragão avistaram as tiaras das meninas. – E estas devem ser as meninas humanas do Outro Reino.

Trixi fez que sim e apresentou:

– Estas são Jasmine, Summer e Ellie.

Huang sorriu para as meninas e disse:

– É um enorme prazer conhecê-las. Já ouvi sobre todas as suas aventuras no Reino Secreto.

– Aliás, estamos tentando impedir mais uma maldade da rainha Malícia – contou Summer, dando um passo à frente. Ela costumava ser mais tímida do que Ellie e Jasmine, mas não conseguia sentir nervosismo perto daquelas belas criaturas. – A rainha fez uma coisa muito horrível para o coitadinho do rei Felício.

O Bosque dos Sonhos

As meninas explicaram sobre o bolo enfeitiçado, e os dragões dos sonhos pareceram horro-
rizados.

— O que a gente precisa mesmo é de pó
de sonho para acrescentar na poção-antídoto
— Ellie explicou.

— Você vai nos dar um pouquinho, não vai,
Huang? — Trixi pediu. — Só precisamos de um
tiquinho de nada.

Huang olhou em volta. Alguns dos outros
dragões baixaram a cabeça. Os demais pareciam
ansiosos. Summer sentiu um calafrio percor-
rer seu corpo ao ver as expressões preocupadas
dos animais.

— Tem alguma coisa errada? — Jasmine perguntou lentamente.

Huang soltou um suspiro tão profundo que
fez tremer as flores rosadas e brancas sobre as
cerejeiras em torno deles.

— Receio que sim.

O Bosque dos Sonhos

Uma dragoa de tons creme e cor-de-rosa, com lindos cílios longos e uma expressão suave, deu um passo à frente e prosseguiu, com uma voz grave:

– A gente lhes daria todo pó de sonho necessário para vocês, mas ontem não conseguimos fazer nem um pouquinho.

– Oh! – Ellie exclamou, surpresa. – Então é por isso que ninguém no reino está conseguindo dormir?

Tristes, os dragões concordaram, e o menor deles, o dragão branco e prata, deitou-se no chão e cobriu os olhos com suas grandes patas dianteiras. Ele parecia se sentir culpado.

O Bosque dos Sonhos

— Não fique triste, Chi! — disse Trixi, voando com a folha até ele para acariciar sua cabeça.

Os grandes olhos da dragoa cor-de-rosa e creme se encheram de lágrimas. Ela disse:

— Estamos todos tão tristes, Trixi. Lamentamos muito que as pessoas não consigam dormir.

— O que aconteceu? — perguntou Ellie.

— Para entenderem, minhas amigas, vocês devem primeiro saber como fazemos o pó de sonho — Huang respondeu. — Todas as noites, nós voamos até o topo das colinas ao redor do Bosque dos Sonhos.

— Mas como, se vocês não têm asas? — Jasmine interrompeu, olhando para os corpos longos cheios de escamas e para as cabeças cheias de pelos dos dragões.

— Não precisamos de asas: cavalgamos pelo céu, voamos com magia — Huang explicou. — Todas as noites, quando a escuridão cai, cada

O Bosque dos Sonhos

um de nós voa até o topo das colinas e coloca uma escama em uma das nove cavidades mágicas nas rochas. Depois, fazemos um voo circular sobre as escamas, então cada uma delas se transforma em uma pedra dos sonhos brilhante. Aquecemos as pedras com nosso sopro de fogo até que elas se transformem em pó de sonho. Aí a gente espalha o pó sobre o reino para fazer todo mundo adormecer. Mas agora não podemos fazer isso porque…

— Porque estamos com medo do escuro! — lamentou Chi, o pequeno dragão.

— Vocês estão com medo do escuro?! — Ellie repetiu, olhando para eles. — Mas por quê? Vocês são dragões dos sonhos!

— Eu sei — disse Chi. — Isso nunca aconteceu antes, mas ontem, quando a noite caiu, de repente tudo pareceu tão assustador que a gente só queria se esconder nas nossas cavernas.

O Bosque dos Sonhos

Ele usou a cauda para apontar algumas cavernas na base dos penhascos.

– Entramos lá e não conseguimos reunir coragem para sair antes de o dia amanhecer – rosnou Huang. – Aí já era muito tarde para criar o pó de sonho.

Um gemido baixo e triste foi emitido por todos os dragões. Eles pareciam tão chateados que Summer desejou dar um abraço reconfortante nos nove! O dragão ao seu lado inclinou a cabeça e ela o acariciou nas orelhas aveludadas.

– Aposto que isso tem alguma coisa a ver com a rainha Malícia, exatamente como a gente imaginou! – Jasmine disse, irritada, para Ellie e Summer. – Vocês se lembram de como ela fez todos os elfos da confeitaria ficarem malvados, e como confundiu a Clara Colombo para que ela esquecesse que era uma exploradora? Esse é exatamente o tipo de coisa que ela faria!

— A rainha Malícia esteve aqui? — Ellie mais que depressa perguntou aos dragões.

— Não — disse Huang. — Ninguém vem aqui há várias luas.

— Sem contar aquela velhinha simpática que veio nos visitar alguns dias atrás — emendou Chi, com a voz esganiçada. — Vocês se lembram? Ela nos trouxe uma cesta de biscoitos deliciosos de flor de lótus. Todo mundo comeu!

— Uma velhinha trouxe biscoitos? — Jasmine repetiu.

— Aposto que era a rainha Malícia disfarçada — gemeu Ellie.

Summer mordeu o lábio.

— Ela se disfarçou para entrar na festa do rei Felício — Summer contou aos dragões. — Parece que esses biscoitos que vocês comeram estavam enfeitiçados, assim como o bolo do rei Felício!

Os dragões se entreolharam desanimados.

– O que vamos fazer? – perguntou Chi.

A dragoa rosada olhou para Trixi e pediu, esperançosa:

– Você poderia desfazer o feitiço e fazer a gente parar de sentir medo?

– Oh, quem me dera conseguir fazer isso, Pan! – disse Trixi. – Mas os feitiços da rainha Malícia são fortes demais para eu quebrar com a minha magia.

– Isso significa que vou ter medo de escuro para sempre? – perguntou Chi, tremendo.

– E o povo do reino nunca mais vai conseguir pegar no sono? – rosnou Pan. As lágrimas começavam a brotar de seus belos olhos de novo.

– Não! – Summer declarou. – Porque nós vamos quebrar o feitiço.

O Bosque dos Sonhos

– Mas como vão fazer isso? – perguntou Huang.

Summer olhou para Ellie e Jasmine e disse, cheia de determinação:

– Ainda não sei. Mas vamos achar um jeito!

Voando alto

As meninas e Trixi quebraram a cabeça tentando pensar numa maneira de acabar com o feitiço da rainha Malícia. Enquanto isso, os dragões gentis foram buscar um pouco de suco de lichia pálida para beberem e uma fruta madura em forma de estrela roxa para comerem. Tinha

O Bosque dos Sonhos

o gosto da mais deliciosa combinação entre a doçura das ameixas e dos pêssegos. As meninas se sentaram em pilhas macias de flor de cerejeira, comeram, beberam e conversaram com os dragões, mas ninguém teve nenhuma ideia de como quebrar o feitiço da rainha Malícia.

Pouco a pouco, começou a escurecer. Chi andava de um lado para outro pendurando várias lanternas alaranjadas nos galhos das cerejeiras. Eram feitas de papel e um pouco parecidas com minúsculos sóis brilhantes. Havia muitas e lançavam um brilho alegre pelo bosque, mas isso não pareceu tranquilizar muito os dragões. As grandes criaturas se agruparam à luz das lanternas, com grandes olhos assustados, olhando para as sombras escuras em torno deles.

– Acho que vamos para nossas cavernas até o dia raiar – disse Huang. – Vocês são mais do que bem-vindas para se juntar a nós.

Voando alto

– Mas, Huang, e quanto a todas as pessoas do reino? – quis saber a desanimada Ellie. – Ninguém vai conseguir pegar no sono novamente. Por favor, vocês não podem voar para fazer as pedras dos sonhos?

O Bosque dos Sonhos

– Ah, sim, por favor, façam isso – implorou Summer, acariciando as escamas do pescoço do dragão. – Tenho certeza de que vocês são corajosos o suficiente!

– Talvez... – disse Huang. Ele então olhou para o céu noturno nublado, mas depois abanou a cabeça. Todo o seu corpo pareceu amolecer. – Desculpem. É que é muito escuro lá em cima. Não conseguimos.

Jasmine coçou a testa. Tinha que haver alguma coisa que elas pudessem fazer para ajudar.

– Se ao menos a gente pudesse levar a luz com vocês – ela disse, suspirando.

Seus olhos miraram as lanternas. De repente, uma ideia veio à sua cabeça.

– Espere aí! Vocês podem fazer isso! É claro! Vocês podem levar as lanternas para o céu junto com vocês! Aí não vai mais ficar tão escuro, e talvez vocês não sintam tanto medo – ela disse.

Voando alto

— Mas como é que vamos segurá-las? — Pan apontou. — Precisamos das nossas patas para nos movimentar no ar e da nossa boca para soprar fogo nas pedras dos sonhos.

Jasmine franziu a testa. Ela não tinha pensado nisso.

— Já sei! — ofegou Ellie. — E se a gente montasse nas costas de vocês e segurasse as lanternas?

Huang franziu a testa, pensativo.

— Bom, acho que pode dar certo — ele afirmou. Alguns dos dragões assentiram com a cabeça, outros pareciam duvidosos.

Summer se virou para Ellie e disse:

— Mas você não ficaria com medo lá em cima, voando nas costas de um dragão? Você tem medo de altura.

Ellie engoliu em seco.

— Eu faria isso pelo rei Felício e pelo Reino Secreto! — ela declarou.

— Bem... — Pan começou a falar, dando um passo à frente. Suas garras cravaram na terra macia. — Se você pode ser corajosa, então eu também posso. Ellie, você me faria a honra de voar nas minhas costas e segurar a lanterna para mim?

Ellie sorriu, cheia de si.

— É claro.

Ela pegou uma lanterna que estava pendurada em uma cerejeira próxima e caminhou até Pan. A dragoa se agachou, e Ellie subiu nas

Voando alto

costas dela, sentando-se logo atrás do pescoço, segurando a lanterna bem alto com a ajuda de uma vara. A lanterna projetou um brilho forte sobre as lindas escamas de Pan.

A dragoa deu um rugido do fundo do peito e perguntou:

— Irmãos e irmãs, quem vai se juntar a mim para reunir as pedras dos sonhos?

— Eu vou — respondeu Huang. — Jasmine, você gostaria de voar nas minhas costas?

— Ah, sim, por favor! — gritou Jasmine, feliz da vida.

— E eu vou também! — ecoou Chi. — Summer, você vem comigo?

— É claro! — Summer exclamou.

— E eu vou voar ao lado de vocês — declarou Trixi, enquanto Summer e Jasmine pegavam uma lanterna cada e subiam nas costas dos dragões. — Eu vou usar a minha magia para ajudar a iluminar o caminho!

O Bosque dos Sonhos

Ela deu uma batidinha no anel e disse com sua voz cristalina:

– Magia, me faça brilhar um montão,
como um farol em meio à escuridão!

No mesmo instante, Trixi se iluminou como se fosse um vaga-lume brilhante! Sobre a folha, ela disparou em torno da cabeça das amigas: uma centelha de luz branca no meio da noite preta como carvão.

Os dragões deram passinhos para tomar impulso e, com um grande rugido, correram entre as cerejeiras. A magia os levantou para o céu num movimento tão suave que Ellie nem percebeu quando as patas de Pan deixaram o chão. O corpo dos dragões ondulava como serpente através do ar na subida. Summer agarrava-se ao pescoço de Chi e segurava a lanterna bem alto, sentindo o vento passar forte pelo rosto e sacudir seus cabelos.

Voando alto

O Bosque dos Sonhos

– Êêêê! – Jasmine exclamou quando Huang passou em velocidade por Chi e deu uma risada grave brincalhona.

Summer olhou para Ellie. O rosto da amiga estava pálido e ela se agarrava aos pelos de Pan com muita força, porém, continuava segurando a lanterna no alto para iluminar o caminho. Summer reconheceu o toque determinado nos olhos verdes da amiga. Ellie podia ter medo, mas não deixaria que isso a impedisse de ajudar Pan a fazer uma pedra dos sonhos!

Os dragões voaram até o topo das colinas. Quando o bosque já estava bem longe debaixo deles, cada dragão arrancou uma escama brilhante do peito com os dedos da pata dianteira e a colocou em uma das cavidades nas rochas. Então eles circularam no céu, rodeando-as. Summer prendeu a respiração ao ver a escama de

Voando alto

Chi se iluminar. Ficou tão brilhante que ela teve que desviar o olhar por um segundo. Quando ela olhou novamente, a escama havia se transformado em uma pedra lisa brilhante e em forma de lágrima. A pedra dos sonhos de Chi tinha um brilho branco; a de Huang brilhava roxa, e a de Pan brilhava cor-de-rosa.

— Viva! — gritou Trixi quando cada um dos dragões mergulhou e apanhou sua própria pedra dos sonhos. — Agora podemos voar de novo para o solo, e vocês podem fazer pó de sonho!

— Vamos chegar mais rápido que vocês! — desafiou Jasmine. Ela se inclinou para a frente, e Huang mergulhou para baixo.

Bem quando estava mergulhando com Chi, Summer ouviu um barulho estranho de asas atrás dela. Olhou para trás e gritou, em estado de choque, ao ver cinco formas escuras com asas

O Bosque dos Sonhos

de morcego voando em disparada atrás deles, já quase alcançando a cauda de Chi! Os olhos horríveis das criaturas brilhavam contra o céu nublado. Elas gargalhavam durante o voo.

Voando alto

– Morceguinhos da Tempestade! – gritou Summer. – Os morceguinhos da rainha Malícia estão vindo nos pegar!

Fuga por um triz

Chi galopou mais depressa pelo ar, mas os Morceguinhos da Tempestade que o perseguiam se aproximavam mais e mais. Summer percebeu que todos estavam segurando entre os dedos pontudos coisas que pareciam grandes e gordos balões de água.

"Pingos de infelicidade" – ela pensou alarmada, lembrando-se de outra ocasião, quando os morceguinhos atacaram todos com eles. Quando os pingos tocavam nas pessoas, elas ficavam tristes demais para revidar!

– Vão embora! – ela gritou.

O Bosque dos Sonhos

– Não! – gritaram de volta os morceguinhos. – Nós vamos apagar suas lanternas e levar as pedras dos sonhos para a rainha Malícia!

Chi bufou alarmado quando viu o morcego líder disparar bem na direção da lanterna que Summer estava segurando!

– Mais rápido, Chi! – Summer berrou, mas já era tarde demais.

O morcego jogou o pingo de infelicidade na lanterna. Houve um zumbido e um borbulhar de vapor até que, de repente, a luz se apagou! Summer e Chi mergulharam na escuridão.

– Summer! – Ellie e Jasmine gritaram.

Summer via a expressão preocupada no rosto das amigas à luz de suas lanternas, à medida que procuravam por ela e Chi na escuridão.

Fuga por um triz

– Está escuro! – Chi rugiu, voando em círculos, sentindo um pânico desvairado.

Summer soltou a lanterna e se agarrou com as mãos e os joelhos, pois Chi estava dando guinadas de um lado para outro no céu. Tomado de medo, ele rugiu novamente e soltou a pedra dos sonhos, que despencou em direção ao chão.

O Bosque dos Sonhos

Summer estava apavorada, mas sabia que tinha de acalmar Chi. Era como tranquilizar qualquer animal assustado: ela precisava ser a mais forte.

– Está tudo bem – ela o consolou, acariciando o pescoço dele, tentando parecer calma. – Por favor, Chi, por favor, não se assuste. Estou aqui com você... Você não está sozinho. Nós vamos descer e ficar em segurança, eu prometo.

O dragão diminuiu ligeiramente a velocidade.

– Estou com tanto medo!

– Por favor, não fique – Summer disse. Sua voz parecia mais calma do que ela se sentia de verdade. – Estou aqui com você.

Um ponto de luz voou em direção a eles. Conforme se aproximava, Summer reconheceu a forma brilhante minúscula.

– Trixi! – a menina exclamou sem fôlego.

– Eu vim trazer um pouco de luz a vocês! – gritou Trixi, ao passar vibrando com a folha

Fuga por um triz

pelo nariz de Chi. – Os Morceguinhos da Tempestade não podem me apagar!

Com a luz de Trixi e as palavras calmantes de Summer, Chi foi saindo do estado de pânico. Summer olhou para a frente e suspirou de alívio ao ver que as lanternas de Jasmine e Ellie ainda oscilavam no céu aveludado da noite. Mas então ela viu algo que fez seu coração dar um salto de horror: Ellie, Pan, Jasmine e Huang tinham dado meia-volta para ajudá-la, mas agora os Morceguinhos da Tempestade estavam voando em direção a eles, batendo as asas de couro e gargalhando cheios de maldade.

– Voem para longe daqui! – Summer gritou. – Ou eles também vão apagar as lanternas de vocês!

Percebendo que Summer estava bem, Ellie e Jasmine tentaram retornar, mas Pan e Huang não conseguiram ser rápidos o suficiente. Os morceguinhos chegaram mais perto das lanternas, erguendo os pingos de infelicidade.

– Temos que fazer alguma coisa! – Summer disse, quase sem fôlego.

– Mas o quê? – emendou Trixi, desesperada. – Eu não posso iluminar o caminho para os três dragões, e o Huang e a Pan vão ficar apavorados se as lanternas deles forem apagadas. Minha nossa, Summer! Se ao menos pudéssemos quebrar o feitiço da rainha Malícia para que eles não tenham mais medo de escuro!

Fuga por um triz

Summer olhou para a pequena fadinha reluzindo perto da bochecha de Chi, como uma estrela minúscula... De repente, ela se lembrou do que Molly, a irmã de Ellie, tinha dito: "Eu gosto de olhar para as estrelas. Elas me ajudam a esquecer meu medo do escuro". Summer lamentou:

– Se ao menos a noite hoje não estivesse tão nublada... Talvez, se Huang e Pan pudessem ver a luz das estrelas e da lua, eles não se sentiriam tão amedrontados.

No mesmo instante, ela se deu conta do que tinha acabado de dizer e ofegou.

– É isso! Trixi, você pode fazer uma mágica para mandar as nuvens embora?

– Vou tentar.

Trixi saltou para cima e para baixo sobre sua folha como uma faísca no céu. Ela deu uma batidinha no anel mágico e entoou:

– Dragões, esta noite não devem temer.
A luz da lua e das estrelas já vai aparecer!

O Bosque dos Sonhos

Summer olhou em volta, mas a noite continuava tão escura e nublada como antes.

— Por que não funcionou? — ela perguntou, desesperada.

— Não sei! — Trixi gritou. — Minha magia de fada só não dá certo quando eu tento usá-la contra os feitiços da rainha Malícia.

— Por que a rainha Malícia iria querer deixar o céu cheio de nuvens? — Summer perguntou. Então ela soube a resposta. — Mas é claro!

Fuga por um triz

Ela queria impedir que os dragões dos sonhos vissem as estrelas e, com isso, deixassem de ser afetados pelo feitiço de medo!

— Deve ser isso — concordou Trixi. — Mas o que a gente pode fazer?

Summer pensou o mais rápido que conseguia.

— Será que o cristal do clima funcionaria? — a menina perguntou à Trixi, pensando no presente que os climáticos tinham dado a elas. O cristal tinha o poder de controlar o clima.

Trixi sacudiu a cabecinha minúscula.

— Acho que a magia dele não é forte o bastante.

— Ah, queria tanto que a gente tivesse um jeito de se livrar das nuvens! — Summer choramingou, desesperada, enterrando o rosto nos pelos de Chi.

Era isso! Dentro da Caixa Mágica havia algo que poderia tornar esse desejo realidade!

O Bosque dos Sonhos

– Trixi – disse Summer, quase sem fôlego. – Você consegue trazer a Caixa Mágica para cá? Podemos usar um dos três desejos do pó cintilante que ganhamos na Praia Cintilante!

– Boa ideia, Summer! – Trixi a elogiou e sorriu.

A fadinha lançou um encanto e deu uma batidinha no anel. No mesmo instante, com um lampejo cintilante, a Caixa Mágica apareceu na frente da menina, nas costas de Chi. O esforço de invocar o encanto foi demais para a fadinha cansada. Ela flutuou para baixo e pousou no pescoço de Chi, exausta.

– Descanse um pouco, Trixi – Summer disse, ansiosa, ao pegar a pequena bolsa com pó cintilante de dentro da Caixa Mágica.

Não havia tempo a perder! Os Morceguinhos da Tempestade estavam a apenas alguns segundos de distância de Ellie e Pan.

Fuga por um triz

Bem quando Summer tirou uma pitada de pó de dentro da bolsinha prateada, os Morceguinhos da Tempestade lançaram seus pingos de infelicidade. Eles conseguiram atingir as lanternas de Ellie e Jasmine. Imediatamente, as luzes se apagaram. As meninas ouviram os morcegos dando gargalhadas e comemorando na descida apressada para o solo. Pan e Huang rugiram apavorados, e Ellie e Jasmine gritaram com a guinada dos dragões no meio do voo.

O Bosque dos Sonhos

Summer jogou o pó no ar e cantarolou baixinho:

— Desejo que a noite seja clara e estrelada, assim, os dragões não terão medo de nada!

Houve um clarão prateado. No mesmo instante, as nuvens começaram a se abrir. Summer viu o céu límpido noturno atrás delas, com milhares de estrelas brilhando forte e uma enorme e linda lua cheia.

Chi perdeu o fôlego. Ele exclamou:

— Olhem só a lua e as estrelas! Não está mais escuro, de jeito nenhum!

— Como você se sente agora? — Summer perguntou, ansiosa.

— Não estou mais com medo! — Chi rugiu alegre e deu algumas piruetas no ar.

— Nem eu! — disse uma voz nas proximidades.

— Eu também não!

Fuga por um triz

À luz das estrelas, Summer conseguiu ver Jasmine, Huang, Ellie e Pan. Os olhos dos dois dragões brilhavam com admiração ao avistarem as estrelas brilhantes e a enorme lua cheia, pendurada como uma bola cintilante no céu escuro da noite.

Summer soltou um suspiro de alívio. O feitiço da rainha Malícia tinha sido quebrado!

O Bosque dos Sonhos

– Não sei por que foi que senti tanto medo – Huang falou com sua voz grave, olhando ao redor.

Pan concordou balançando a cabeça. Suas escamas reluziam.

– É lindo aqui em cima! – ela observou.

Em seguida, Summer explicou o que tinha acontecido, e Jasmine e Ellie papaparicaram Trixi e elogiaram tanto Summer que ela ficou corada num tom rosa vívido.

– Ufa! – Jasmine suspirou. – Bom trabalho, Summer! O feitiço foi quebrado e os Morcegui-nhos da Tempestade se foram!

– Mas precisamos conseguir o pó de sonho mais do que nunca: a coitada da Trixi precisa dormir um pouco! – comentou Summer.

– Pelo menos já temos as pedras dos sonhos – Jasmine disse. – Onde estão?

– Oh, não! – Pan rosnou. – Deixei cair a minha quando eu estava com medo.

Fuga por um triz

— Mas os Morceguinhos da Tempestade estão lá embaixo! – Ellie berrou.

— A rainha Malícia anda tentando pôr as mãos nas nossas pedras dos sonhos há séculos! – falou Chi com desânimo. – Ela quer dar pesadelos às pessoas!

— Não podemos deixar os Morceguinhos da Tempestade pegarem as pedras! – Huang rugiu. – Rápido! Atrás deles!

Fazendo o pó de sonho

Os três dragões planaram em direção ao solo. Ellie deu um gritinho estridente e se agarrou com firmeza, sentindo o vento soprar por seus cabelos. Ela fechou os olhos com força e pensou em como parar os Morceguinhos da Tempestade.

O poderoso Huang disparou na frente dos outros dois dragões, com Jasmine em suas costas, que o encorajava a ir mais depressa. Ela deu uma olhada abaixo durante o voo, procurando qualquer sinal que fosse das pedras dos sonhos.

O Bosque dos Sonhos

— Ali! — ela gritou quando viu uma fonte de brilho lá embaixo.

Huang voou mais e mais rápido ao ver dois morceguinhos baterem as asas em meio à escuridão e seguirem ao mesmo tempo para a pedra.

— Não deixe que eles peguem a pedra, Huang! — gritou Jasmine.

Huang abriu a boca e deu um rugido aterrador, que sacudiu as árvores e os arbustos no bosque.

Fazendo o pó de sonho

Os Morceguinhos da Tempestade, aterrorizados, pararam bruscamente.

– Argh! – um gritou. – Achei que os dragões dos sonhos fossem amigáveis!

– Você pode fazer amizade com eles se quiser, mas eu estou fora! – gritou o outro.

– Eu também vou me mandar! – o primeiro esganiçou.

Aos gritos, eles abandonaram a pedra e bateram asas para longe. Huang mergulhou e agarrou a pedrinha preciosa com suas patas dianteiras.

Ao mesmo tempo, Pan avistou a segunda pedra dos sonhos.

– Achei, Ellie! – ela exclamou.

Ellie se atreveu a abrir os olhos só um pouquinho. Elas seguiram velozes em direção ao topo de uma cerejeira em flor. A pedra dos sonhos tinha ficado presa entre os galhos, e um morceguinho já estava tentando pegá-la.

O Bosque dos Sonhos

Não tinha como Pan alcançá-la primeiro! O coração de Ellie afundou no peito, porém Pan teve uma ideia. Respirando tão fundo que Ellie foi sacudida para cima e para baixo nas costas dela, Pan abriu a boca e disparou um fluxo de fogo ardente direto no morcego. Atingiu-o no bumbum no momento em que ele estendeu os dedos pontudos para apanhar a pedra.

– Ai, ai! – ele gritou, esquecendo-se da pedra e saltando para cima e para baixo segurando o traseiro dolorido. – Ai! Aah! Ai!

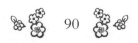

Fazendo o pó de sonho

— Como você ousa tentar pegar as nossas pedras dos sonhos? – rugiu Pan, disparando outro jato de fogo no morcego.

Ele se esquivou e voou o mais depressa que suas asas conseguiram.

Jasmine deu gritinhos e bateu palmas sobre as costas de Huang. Então ela se virou para ver onde estavam Summer e Chi. Eles tinham desaparecido! Jasmine franziu a testa. Onde é que poderiam estar? Chi podia ser o menor dos dragões, mas ainda assim era grande demais para ter desaparecido completamente de vista.

Jasmine olhou por todo o Bosque dos Sonhos abaixo deles.

— Huang! – ela gritou, quase sem fôlego, quando de repente avistou a última pedra dos sonhos refletindo a luz das estrelas na beira do rio, ao lado de enormes salgueiros-chorões dourados. – Achei a terceira pedra!

O Bosque dos Sonhos

Porém, não eram os únicos que tinham visto. Os dois últimos Morceguinhos da Tempestade estavam voando até lá a toda velocidade. Pan e Huang avançaram atrás deles.

– Vocês não podem impedir a gente! – gritou um morcego no mergulho para agarrar a pedra. – Vamos levar esta pedra dos sonhos para a rainha Malícia!

– Ah, não, vocês não vão! – Chi rugiu saindo do meio dos salgueiros, com Summer e Trixi agarradas firmes a seu pescoço.

O dragão berrou:

– BUUU!

Os morceguinhos levaram um susto tão grande que quase desmaiaram.

– Socorro! – um deles gritou.

Mas os únicos que ouviram seu grito foram os três dragões, que voaram depressa na direção dos Morceguinhos da Tempestade, que desistiram e largaram a pedra na grama.

Fazendo o pó de sonho

— A rainha Malícia que arranje uma pedra dos sonhos se ela quiser! – ganiu um morcego, e os dois deram no pé.

— Viva! – Summer comemorou nas costas de Chi, que desceu espiralando no ar e pegou a pedra dos sonhos.

Pan e Huang pousaram no chão ao lado deles. Ellie, Summer e Jasmine olharam ao redor. De repente, tudo caiu em grande silêncio. No alto, as estrelas brilhavam. As pedras dos sonhos tinham sido salvas!

— Ufa! – Ellie deu um suspiro trêmulo e deslizou para descer das costas de Pan.

O Bosque dos Sonhos

A dragoa gentil acariciou o ombro de Ellie com a lateral da grande cabeça arredondada e disse:

— Você foi muito corajosa.

— Estou feliz que os morceguinhos não pegaram as pedras dos sonhos — Ellie disse e olhou para os três dragões. — E vocês pararam de ter medo do escuro!

Quando viu a pequena fadinha descansando nas costas de Chi, ela acrescentou:

— Como está se sentindo, Trixi?

— Estou bem — Trixi deu um sorriso corajoso e um enorme bocejo.

Huang olhou alegremente para as pedrinhas lindas a seus pés.

— Recuperamos as pedras.

— Então, agora nós já podemos fazer o pó de sonho! — emendou Chi.

— Podemos olhar? — Jasmine perguntou ansiosa.

— Claro que sim! — respondeu Pan, com sua voz grave.

Fazendo o pó de sonho

Summer e Jasmine desceram e ficaram observando com Ellie os três dragões juntarem as pedras em uma pilha e depois se entreolharem.

— Vocês estão prontos? — disse Huang. — Um, dois... TRÊS!

Com a palavra final, os três dragões sopraram fogo. As labaredas atingiram as pedras dos sonhos, que emanaram um brilho dourado, depois laranja, em seguida vermelho e, por fim, ficaram incandescentes com uma luz branca tão brilhante que as meninas precisaram fechar os

olhos. Elas piscaram e viram que as chamas tinham desaparecido. Tudo o que restava das três pedras era um monte de pozinho branco que reluzia como a luz das estrelas.

— O pó de sonho! — os dragões declararam.

— Uau! — exclamou Ellie, espantada. — Agora vocês podem fazer as pessoas dormirem?

— Sim, e terem sonhos maravilhosos — disse Huang, confirmando com a cabeça. — Vamos já

Fazendo o pó de sonho

espalhá-lo por todo o Reino Secreto, para que todas as boas pessoas e criaturas daqui possam descansar um pouco. Mas primeiro... – ele sorriu e baixou bem a cabeça. – Por favor, peguem o tanto que vocês precisarem para ajudar o querido rei Felício. Afinal de contas, se não fosse por vocês, não teríamos pó nenhum.

– Só precisamos de um pouquinho de nada – disse Trixi. Ela fez aparecer um saquinho dourado após uma batidinha no anel.

Summer, Jasmine e Ellie observaram com alegria a fadinha recolher uma pitada da poeira cintilante e colocá-la no saquinho e em seguida guardá-lo no bolso.

– Muito obrigada – Summer agradeceu aos

Fazendo o pó de sonho

dragões.

Pan sorriu para as meninas e falou:

– Eu é que agradeço por vocês terem nos ajudado a quebrar o feitiço da rainha Malícia.

– Agora vocês poderão fazer as pedras e espalhar o pó de sonho no reino todas as noites, exatamente como costumavam fazer – disse Ellie, animada.

Pan a tocou levemente com o nariz.

– A rainha Malícia nunca será capaz de nos amedrontar de novo – falou a dragoa. – Sempre lembraremos que, embora o céu possa estar coberto por nuvens, as estrelas continuam lá, brilhando mesmo quando nós não as vemos.

Ela elevou os olhos para o céu cintilante, e as meninas trocaram olhares encantados.

– Temos que reunir nossos irmãos e nossas irmãs e voar por toda a terra com o pó de sonho – disse Huang.

– E a gente tem que ir ao palácio, para

acrescentar o ingrediente à poção-antídoto – Trixi disse a ele.

– Vamos passar pelo palácio. Vamos sobrevoar cada centímetro do reino para salpicar o pó de sonho. Seria uma honra dar uma carona

Fazendo o pó de sonho

para vocês até lá! Aceitam? – ofereceu Huang.

– Oh, sim, por favor! – gritaram Summer e Jasmine.

Ellie hesitou antes de ceder com um sorriso:

– Tudo bem! Mas talvez eu fique de olhos fechados no caminho!

O reino adormecido

Huang foi andando a passos macios para a caverna onde os outros dragões se aconchegavam uns aos outros e chamou-os com um rugido profundo. Os outros dragões saíram com cautela, mas, tão logo avistaram as estrelas cintilantes, seu medo desvaneceu e todos eles voaram para fazer suas pedras dos sonhos. As meninas viram os dragões voarem em círculos no alto.

O Bosque dos Sonhos

A luz do luar refletia em suas escamas. Assim que tinham feito seu pó de sonho, todos os nove dragões galoparam para o céu, com as meninas de carona nas costas de Pan, Huang e Chi.

O reino adormecido

Foi a viagem mais incrível de todas. Os animais fizeram voos rasantes por todo o Reino Secreto através do céu salpicado de estrelas, sentindo o vento fluir por seus cabelos, com Trixi na folha voando ao lado de Ellie. Huang, Pan e Chi tinham dado seu pó de sonho para que as meninas o espalhassem. Enquanto passavam sobre o Vale dos Unicórnios, Summer delicadamente jogou um punhado de pó. Assim que os grãozinhos recaíram sobre os unicórnios que pastavam, todos se espreguiçaram e se deitaram na grama exuberante, dobrando as patas e descansando os focinhos no chão.

Os dragões sobrevoaram as areias douradas e a baía muito iluminada e cheia de gente da Praia Cintilante, onde as fadas estavam andando pelas barraquinhas e lojas no cais. Enquanto Jasmine espalhava sua porção do pó, todas as fadas começaram a parecer bem sonolentas.

O Bosque dos Sonhos

As crianças fadas adormeceram e foram pegas por seus pais e transportadas para dentro das casas. Logo, as ruas estavam desertas, pois todas as fadas estavam indo alegremente para a cama.

Até mesmo Ellie participou. Ela salpicou seu pó sobre as abolhas amigas que zumbiam em volta do Vulcão Borbulhante. Movendo-se

em conjunto, as abolhas deram meia-volta e seguiram em fila direto para a colmeia dourada. Ellie tinha certeza de que tinha visto algumas delas bocejar!

Finalmente, Huang, Pan e Chi deixaram que os outros seis dragões percorressem o restante do reino enquanto eles carregavam Trixi e as meninas de volta para o Palácio Encantado do rei Felício. Os dragões pairaram próximo dos pináculos rosa-coral da mais alta das torres, para que Jasmine, Summer e Ellie pudessem descer com cuidado na varanda que dava para o quarto do rei Felício. Trixi, sonolenta, voou com a folha até o parapeito da janela. No interior da torre, as meninas avistaram o rei Felício andando de um lado para outro perto de sua cama enorme.

– Ah, pobre rei Felício! – gritou Summer, preocupada. – Ele parece tão cansado.

Huang sorriu e disse:

— Então vamos mandá-lo para a cama. Meninas, vocês estão prontas?

— Estamos! — elas gritaram.

— Levem doces sonhos para os que estão lá embaixo — disse Huang.

Jasmine, Summer e Ellie jogaram o restinho do pó de sonho por todo o palácio. Assim como na Praia Cintilante, as luzes do palácio foram se apagando, uma por uma. As meninas viram o rei Felício subir na cama, dar um grande bocejo e enfim adormecer com um grande sorriso no rosto.

— Ele esqueceu a luz acesa! — disse Trixi, espreguiçando os bracinhos acima da cabeça. — Vou dar este pó de sonho para a tia Maybelle, e então é melhor a gente ir apagar a luz para ele. Depois disso eu também vou poder dormir!

Ela sorriu, sonolenta, depois ergueu o saquinho e continuou:

O reino adormecido

– Muitíssimo obrigada, meninas. Vocês não só ajudaram o rei Felício a dormir como também encontraram outro ingrediente!

– Não teríamos conseguido sem os maravilhosos dragões dos sonhos!

– disse Summer, indo abraçar Chi.

– Obrigada!

Os dragões sorriram alegremente.

– Foi uma aventura incrível! – comentou Jasmine.

– Mas agora é hora de vocês irem para casa – Trixi sobrevoou as meninas em sua folha e beijou cada uma na ponta do nariz. – Vejo

O Bosque dos Sonhos

vocês em breve, eu espero!

— Tchau, Trixi! — Summer, Jasmine e Ellie disseram em coro. — Adeus, Pan! Adeus, Huang! Adeus, Chi!

— Esperamos vê-los de novo em breve — Summer adicionou.

Trixi deu uma batidinha no anel, e uma nuvem cintilante de fagulhas prateadas cercou as meninas. Rodopiou ao redor delas, carregou-as do Reino Secreto e as colocou muito suavemente no quarto de Ellie.

O reino adormecido

O Bosque dos Sonhos

– Uau! – disse Ellie.

O quarto, de repente, parecia muito normal. Era difícil de acreditar que havia pouquíssimo tempo elas estavam fazendo voos rasantes pelos céus nas costas dos dragões dos sonhos.

– Parece um sonho – ela disse para as amigas.

– Um sonho muito bom! – completou Summer.

– O melhor de todos! – concordou Jasmine.

Elas ouviram o som de pés correndo pelo corredor, e a porta do quarto de Ellie se abriu. Molly olhou para dentro.

– O que vocês estão fazendo? – ela perguntou com um jeito travesso.

– Era para você estar dormindo – Ellie disse, aliviada por perceber que não havia passado nem um segundo no mundo real enquanto elas estavam no Reino Secreto. – Vamos, Molly, de volta para a cama.

Ela pegou a mão da irmãzinha e a levou de volta para o quarto dela.

O reino adormecido

Jasmine cutucou Summer enquanto seguiam a amiga.

– É uma pena não termos trazido nenhum pó de sonho para fazer a Molly dormir.

Summer concordou com a cabeça e acrescentou:

O Bosque dos Sonhos

— Na verdade, lembrei de outra coisa que pode funcionar.

Quando Ellie arrumou Molly na cama, Summer sentou-se ao lado dela.

O reino adormecido

– Você sabe o que muitas vezes ajuda meus irmãos Finn e Connor a dormir, Molly?

– O quê? – a garotinha perguntou, curiosa.

– Eu conto a eles uma história antes de dormir – disse Summer. – Você gostaria de ouvir a história dos dragões dos sonhos?

– Sim, por favor! – sussurrou Molly, entusiasmada.

Jasmine e Ellie se sentaram ao lado de Summer na cama. Summer sorriu para Molly e começou a falar suavemente:

– Era uma vez, em um reino secreto muito distante...

Na próxima aventura no Reino Secreto,
Ellie, Summer e Jasmine vão visitar

O Lago das Ninfas!

Leia um trecho…

A piscina de Valemel

— Olhem isso! — gritou Jasmine para suas melhores amigas, Ellie e Summer, na beirada da piscina de Valemel. Então ela deu um mergulho perfeito na água profunda, mal provocando uma ondulação na superfície azul lisinha.

— Ah, eu queria ser corajosa para mergulhar assim… — suspirou Summer.

— Foi incrível, Jasmine! — Ellie aplaudiu a amiga.

Jasmine boiava com os longos cabelos castanhos grudados nas costas e com um grande sorriso no rosto. Ellie continuou:

— Agora é a minha vez.

Jasmine nadou até Summer para verem Ellie sair da piscina. Do café, a avó de Jasmine acenou e sorriu para elas.

— Aqui vou eu! — gritou Ellie, saltando no ar com os braços e as pernas bem abertos, parecendo uma estrela. Ela fez uma careta engraçada antes de mergulhar na água, sacudindo-se toda.

Summer e Jasmine deram uma risadinha quando receberam um grande respingo de água.

Ellie apareceu ao lado das amigas, com os olhos verdes dançantes e o cabelo ruivo, geralmente encaracolado, colado na cabeça. Ela riu e disse:

— Pelo menos eu não fiz uma barrigada.

— Agora é sua vez, Summer — sugeriu Jasmine.

— Hum… — Summer hesitou. — Eu não gosto muito de mergulhar e saltar na piscina. A água sempre entra no meu nariz.

— Vamos, Summer — encorajou Ellie. — É muito divertido.

Summer sentiu um frio na barriga só de pensar. Ela sacudiu a cabeça dizendo que não.

— Tudo bem, não precisa pular — disse Jasmine, vendo o rosto tenso da amiga. — Vamos então brincar de pega-pega.

— Podemos brincar na parte rasa? — Summer perguntou, esperançosa.

— É claro que podemos — concordou Jasmine.

– Não está comigo! – gritou Ellie, afastando-se bem depressa pela água.

– Está comigo – disse Jasmine. – Vou contar até dez. Um, dois, três…

Summer saiu espirrando água, mas, mesmo com a vantagem, não demorou para Jasmine alcançá-la.

– Peguei! – Jasmine disse sem fôlego, tocando o braço de Summer.

– Você é muito rápida! – Summer deu risada.

– Agora vou pegar a Ellie – Jasmine partiu para a caçada.

Summer sorriu observando Jasmine perseguir Ellie até o outro lado da piscina e ficou mexendo os dedos na água ondulante. Ela gostava de nadar, mas queria não ficar com tanto receio de chegar a uma parte que não desse pé.

"Era muito mais fácil quando a gente nadava com as sereias do Reino Secreto" – Summer

pensou. Naquele dia, Trixi havia jogado nelas um pó de bolhas que lhes permitia respirarem debaixo d'água.

O Reino Secreto era uma terra maravilhosa que só Ellie, Jasmine e Summer conheciam;

um lugar onde viviam criaturas incríveis como unicórnios, elfos e fadinhas. As três meninas descobriram o reino quando encontraram uma caixa mágica em um bazar da escola, e desde então elas viveram todos os tipos de aventuras por lá. Sua amiga fadinha, Trixibelle, enviava uma mensagem na Caixa Mágica sempre que o Reino Secreto precisava da ajuda delas.

Summer sabia que a terra encantada estava passando por problemas no momento. O alegre rei Felício tinha comido um bolo enfeitiçado de sua irmã, a malvada rainha Malícia. Ela queria se tornar a governante do reino, por isso, como parte dos planos, havia envenenado o bolo com uma maldição que pouco a pouco estava transformando o rei Felício em um sapo fedido horrível. Se o rei Felício não bebesse uma poção-antídoto até o Baile de Verão do Reino Secreto, ele se tornaria um sapo fedido para sempre! Summer, Ellie e Jasmine tinham prometido ajudar a encontrar os ingredientes para fazer a poção-antídoto. Até aquele momento, tinham conseguido coletar o favo de mel de abolhas, o açúcar prateado e o pó de sonho, mas ainda precisavam encontrar mais três ingredientes, e o tempo estava acabando.

Summer olhou de relance para os vestiários. Ela e as amigas tinham começado a levar a Caixa Mágica para todos os lugares junto com elas, para que não perdessem nenhuma mensagem do Reino Secreto. Elas tinham deixado a caixa dentro da bolsa de Jasmine, no armário do vestiário, enquanto estavam na piscina. E se os amigos do Reino Secreto precisassem da ajuda delas naquele exato momento?

"Vou lá só dar uma olhadinha" – Summer pensou e saiu da piscina.

As amigas nadaram até a beirada quando a viram sair.

— Você está bem, Summer? — perguntou Ellie.

— Estou, sim — respondeu Summer. — Só vou até o nosso armário para dar uma olhada rápida.

Ellie e Jasmine sorriram. Summer não precisava dizer mais nada, elas sabiam exatamente do que a amiga estava falando.

— A gente vai com você — Jasmine falou, sorrindo.

As três meninas correram para o vestiário, pingando água pelo caminho.

Quando alcançaram o armário, elas pararam. Uma luz brilhava pelas beiradas da porta trancada!

— A Caixa Mágica! — exclamou Jasmine, ofegante. — Ela está brilhando!

Ellie olhou em volta. Por sorte não havia mais ninguém no vestiário que pudesse ver aquilo também.

– Rápido. Vamos tirar a caixa daí para ver se tem um enigma para nós!

Jasmine destrancou a porta do armário e tirou a linda caixa de madeira entalhada. Palavras brilhantes já estavam se formando no espelho da tampa.

– Tem mesmo uma mensagem! Precisamos encontrar um lugar seguro para ler – ela exclamou.

Summer teve uma ideia e perguntou:

– Que tal uma das cabines?

Foi um aperto para as três conseguirem entrar em um cubículo, mas até que deu certo. As meninas olharam para a tampa enquanto Summer lia as palavras:

– Encontramos o próximo ingrediente
onde a água espirra em volta da gente.
Sigam para onde flores flutuantes florescem,
onde as ninfas brincalhonas aparecem.

Leia

O Lago das Ninfas!

para descobrir o que acontece depois!

O Reino Secreto